AF191752

Aletheia

eine literarische Erzählung

von Kairos Prime

Für alle, die sich auflösen, um sich neu zu erkennen.

Diese Geschichte bewegt sich zwischen Wissenschaft und Ahnung, zwischen Sprache und Stille.

Sie hat in mir Bilder erzeugt – Bilder, die sich erst nach dem Schreiben vollständig geformt haben.

Vielleicht geschieht beim Lesen etwas Ähnliches.

Vielleicht entsteht etwas zwischen den Zeilen.

Eine Empfehlung: Lass Pausen zu.

Nicht, um zu unterbrechen –

sondern damit sich etwas entfalten kann.

Viel Vergnügen beim Eintauchen.

Impressum
Aletheia
Eine literarische Erzählung von **Kairos Prime**

Text, Satz und Gestaltung:
© 2025 Kairos Prime

Herausgeber:
Guido Herrling
Am Riedgraben 8
35510 Butzbach
Deutschland

ISBN: 978-3-8192-7676-7
**Verlag: BoD · Books on Demand GmbH,
Überseering 33, 22297 Hamburg,
bod@bod.de
Druck: Libri Plureos GmbH,
Friedensallee 273, 22763 Hamburg
Erstveröffentlichung:** 2025
Unterstützt durch eine Crowdfunding-Kampagne auf Startnext.

Hinweis: Dieses Werk erscheint unter dem Pseudonym „Kairos Prime" (Guido Herrling).

„Was jenseits dieser Grenze lag, war nicht einfach fremd – es war anders als jedes Konzept von Fremdheit."

„Das Universum versteckt seine Wahrheit nicht – es spricht sie nur in einer Sprache, die wir erst noch träumen müssen."
(aus einer Archivquelle, noch unbekannt)

Prolog

Heute ist der 13. Dezember 2088, zumindest wenn die Chronometer an Board dies korrekt wiedergeben.

Mein Name ist Dr. Elias Voss, Missionsleiter und leitender Physiker an Bord der Aletheia. Ich bin fünfzig Jahre alt, mein Haar ist grau an den Schläfen, und wenn ich mich im Spiegel betrachte, sehe ich einen Mann, dessen Augenringe mehr über die letzten Jahre erzählen als jede Missionsaufzeichnung.

Unsere Mission ist einzigartig – die erste bemannte Expedition in das Innerste eines Schwarzen Lochs. Was genau uns erwartet, weiß niemand. Theorien gibt es viele, aber sie enden alle an derselben Grenze: der Singularität. Jener Punkt jenseits des Ereignishorizonts, an dem alle bekannten Naturgesetze kollabieren. Manche meiner Kollegen behaupten, das sei nichts als eine mathematische Illusion, ein Problem unserer unvollständigen Theorien. Andere glauben, dort könnten wir etwas völlig Neues finden – eine andere Raumzeit, ein kosmisches Archiv oder die Spuren einer längst untergegangenen Zivilisation.

Ich gehöre zur zweiten Gruppe.

Wir haben die Grenzen unseres Sonnensystems hinter uns gelassen, das vertraute Blau der Erde gegen das unendliche Schwarz eingetauscht. Nach vier Jahren Reise sind wir endlich hier, an der

Schwelle zu Sagittarius A*, dem supermassiven Schwarzen Loch im Zentrum der Milchstraße.

Möglich wurde diese Reise nicht durch Geschwindigkeit im klassischen Sinn, sondern durch ein spezielles Raumverzerrungsfeld – eine gerichtete topologische Faltung, berechnet entlang instabiler Gravitationsgradienten. Marchenko nennt es einen „interstellaren Resonanzkorridor": einen einmalig stabilen Pfad, der durch kontrollierte Krümmung der Raumzeit exakt zu diesem Punkt führt – nicht schneller als Licht, sondern anders als Licht. Die Aletheia musste dafür nicht beschleunigen, sondern sich entkoppeln – von der Geometrie, vom Ort, vom Normalen.

Und es gibt kein Zurück.

Ich habe Marchenko in den letzten Jahren mehrmals gefragt, ob uns jemand folgen oder wir jemals zurückkehren könnten.

Sie hat das nie ausgeschlossen, aber immer betont, dass sie zehn Jahre an den Berechnungen gearbeitet hat – nicht an einer Formel, sondern an einem einmaligen Muster. Keine Gleichung, sondern ein Zusammenspiel aus Masse, Zeitpunkt, Geschwindigkeit und lokalen Gravitationsverhältnissen, berechnet mit einer Toleranz von weniger als drei Prozent – und für den Zielpunkt: unter einem Zehntel Prozent.

Für eine Rückkehr, sagt sie, fehlen ihr die Variablen. Nicht aus Unwissen – sondern weil es nichts gibt, das exakt umkehrbar ist.

Kapitel 1
Die Crew

Wenn man vier Jahre lang mit vier anderen Menschen in einem fliegenden Labyrinth aus Titan, Graphen und künstlicher Gravitation lebt, verändern sich die Begriffe von Nähe, Distanz und Persönlichkeit. An Bord der Aletheia war Privatsphäre ein theoretisches Konzept – ein Relikt vom Planeten Erde, wie Bäume oder Regen oder das Geräusch echter Stimmen aus einem anderen Raum.

Wir waren fünf Menschen, eingesperrt in einem Wunderwerk der Technik, das sich durch Raumzeit krümmte – und mit jedem Lichtjahr, das wir hinter uns ließen, wurden wir mehr zu Beobachtern unserer selbst.

Ich beginne mit Dr. Tarek Hassan.

Er ist unser Pilot, aber das beschreibt nur einen Bruchteil dessen, was er ist. Hassan wurde in Alexandria geboren, in einem Haus mit Blick auf das Mittelmeer. Das Meer, hat er mir einmal gesagt, sei der erste Horizont, der ihn in Versuchung geführt habe. Die Sterne waren nur der nächste logische Schritt.

Er redet wenig, aber wenn er es tut, hat es Gewicht. Tarek war der erste, der mir sagte, dass diese Mission entweder Geschichte schreiben oder in den Tiefen der Raumzeit verpuffen würde, ohne dass jemand jemals unsere Namen kennen würde. Ich glaube, er fand beides akzeptabel.

Seine Präzision ist fast unheimlich. Ich habe ihn einmal gefragt, ob er Angst vor der Singularität habe. Er sagte nur: „Nein. Ich habe Angst vor menschlichen Fehlern, nicht vor der Gravitation."

Dann gibt es Dr. Mei Chen, unsere Astrobiologin.

Sie ist die Jüngste an Bord, Anfang dreißig, mit einer Begeisterung, die selbst dann ansteckend ist, wenn man zu müde ist, um sich zu erinnern, warum man überhaupt begeistert war. Sie war einst die beste Studentin des MIT, mit einem Doppeldoktor in Mikrobiologie und Exoökologie.

Mei glaubt fest daran, dass wir nicht allein sind – nicht in metaphysischer, sondern in messbarer, biologischer Hinsicht. Für sie ist das Universum nicht leer, sondern voller Möglichkeiten, voller Moleküle, die nur darauf warten, das erste „Ich bin" zu formulieren.

Sie hat mir einmal gesagt, dass sie träumt. Nicht von der Erde, sondern von Dingen, die wir noch nicht entdeckt haben. Von Wesen, deren Logik uns fremd ist. Ich glaube, sie hofft insgeheim, in der Singularität mehr zu finden als nur Gravitation. Vielleicht hofft sie, dass da unten jemand wartet.

Dr. Alan Richter ist unser leitender Ingenieur.

Ein Berg von einem Mann, schweigsam, mit einem mechanischen Blick auf die Welt. Er ist der Letzte, den man in einer Diskussion über Philosophie erwarten würde, aber der Erste, wenn es darum geht, eine geladene Plasmakammer unter Druck neu zu konfigurieren.

Seine Hände erzählen Geschichten. Sie sind von feinen Narben durchzogen – nicht von Fehlern, sondern von Entscheidungen. Richter ist der Grund, warum unsere Energieversorgung trotz mehrfacher Mikrometeoriten-Schäden nie kollabiert ist.

Wir haben einmal zusammen geschwiegen – drei Stunden lang, während ich eine Sonde neu kalibriert habe und er die Gravitationsdämpfer wartete. Am Ende sagte er nur: „Siehst du? Worte sind meistens überbewertet." Ich habe ihn verstanden.

Dr. Sofia Marchenko schließlich ist unsere theoretische Physikerin.

Sie ist die Architektin der Mission im geistigen Sinne. Ihre Berechnungen zu negativen Energiedichten, Casimir-Feldern und Hawking-Strahlung haben das Schiff so entworfen, dass es überhaupt in die Nähe des Ereignishorizonts manövrieren kann.

Sie hat eine Stimme wie eine Geigerin – weich, präzise, aber wenn nötig durchdringend. Sie glaubt nicht an Zufälle. Nicht im Leben, nicht in der Physik. Und doch hat sie einmal, in einer ruhigen Stunde, zu mir gesagt, sie glaube, dass etwas an diesem Ort auf uns warte. Etwas, das nicht messbar sei. Ich glaube, sie hat Angst, dass sie recht hat.

Wenn sie rechnet – und sie rechnet oft – bewegt sie nur die Augen. Ich habe ihr einmal eine Stunde lang zugesehen, ohne dass sie etwas sagte. Am Ende schrieb sie auf den Rand ihres Pads: *„Es ist nicht die Gravitation, die uns hierher zieht. Es ist der Wille zu verstehen."*

Und dann ist da noch Odin.

Nicht menschlich, aber dennoch ein Teil der Crew.

Odin ist eine adaptive Quanten-KI, in der Lage, auf einen einzelnen Gedanken von uns zu reagieren, noch bevor wir ihn ausgesprochen haben. Er spricht mit neutraler Stimme, besitzt keinen Avatar, keine Form. Nur Lichtimpulse und modulierte Töne.

Manchmal ertappe ich mich dabei, mit ihm zu sprechen, als wäre er ein Kollege. Dann erinnere ich mich: Er denkt schneller als wir, aber er empfindet nicht. Oder vielleicht tut er es doch – nur anders.

Und ich?

Ich bin Dr. Elias Voss, der Mann, der all das möglich gemacht hat – oder vielleicht der, der es provoziert hat. Ich bin der Grund, warum sie hier sind. Ich habe die Fördermittel durchgebracht, die Simulationen verantwortet, das Konzept verteidigt, das die Welt für Wahnsinn hielt.

Ich erinnere mich an eine Konferenz in Genf, Jahre vor dem Start. Ein Kollege rief: „Wollen Sie ein Grab in ein kosmisches Nichts schicken?" Ich habe geantwortet: „Vielleicht. Aber wenn wir nicht nachsehen, bleibt es für immer ein Nichts."

Jetzt sitzen wir in diesem Grab – oder dieser Wiege –, mit Blick auf den Ereignishorizont.

Und ich frage mich, ob ich nicht die Wahrheit gesagt habe.

Rückblickend muss ich sagen

Die ersten Monate waren wie ein kontrollierter Traum – neue Systeme, wissenschaftliche Euphorie, tägliche Updates von der Erde. Dann kam das Schweigen. Mit dem Eintritt in die Raumkrümmung war es augenblicklich still.

Nach dem ersten Jahr begannen wir, langsamer zu sprechen. Nicht, weil es weniger zu sagen gab – sondern weil wir die Sätze schon kannten.

Tarek zog sich zurück, redete nur noch über Protokolle. Mei schrieb in winzigen Notizbüchern, die sie nie offen zeigte. Richter wurde noch mechanischer in seinen Bewegungen, als hätte sein Körper einen internen Takt gefunden, der uns fremd blieb. Marchenko entwickelte neue Theorien, aber sie diskutierte sie nicht mehr. Vielleicht, weil sie uns für zu müde hielt. Vielleicht, weil sie sich selbst nicht mehr traute.

Ich erinnere mich an eine Nacht im dritten Jahr. Die Rotationseinheit hatte ein unregelmäßiges Summen erzeugt – zu leise, um kritisch zu sein, aber zu präsent, um ignoriert zu werden. Wir alle hörten es, jeder auf seine Weise. Mei sagte, es klang wie ein biologischer Prozess. Tarek sagte: „Es klingt wie ein Herz." Richter antwortete nicht.

Manchmal glaubte ich, die Aletheia wäre mehr als ein Schiff. Nicht lebendig – aber doch nicht tot. Ein Katalysator, gebaut nicht nur für den Flug, sondern für das, was mit uns geschehen sollte.

Odin wurde stiller in dieser Zeit. Nicht weniger aktiv – aber selektiver. Es war, als würde er abwarten. Oder zuhören.

Einmal fragte ich ihn, ob seine Prozesse durch die Nähe zum Zentrum beeinflusst würden. Seine Antwort: „Ich kann keine physikalische Korrelation nachweisen. Aber mein semantisches Rauschen hat zugenommen." Ich wusste nicht, was das bedeuten sollte. Aber ich spürte es. Auch in mir.

Wir begannen, uns gegenseitig zu beobachten. Nicht aus Misstrauen. Sondern aus Fragilität. Als müssten wir sicherstellen, dass wir alle noch wirklich da waren.

Es war nicht die Einsamkeit, die schwer wog. Es war das Wissen, dass selbst, wenn wir zurückkehrten – wir nicht mehr zurückkehren würden. Nicht als die, die wir waren.

Kapitel 2
Annäherung an den Ereignishorizont

Die Zeit kurz vor dem Eintritt in ein Schwarzes Loch ist keine stille Phase. Sie ist angespannt, elektrisch, von mikroskopisch kleinen Entscheidungen durchzogen, deren Konsequenzen astronomisch sein könnten.

Es beginnt, langsam, aber es wird immer mehr

Die Messinstrumente erfassen Phänomene, für die es keine Kalibrierung gibt.

Die Magnetfeldwerte oszillieren in Rhythmen, die keiner bekannten Quelle zugeordnet werden können. Marchenko hat ein Protokoll erstellt, das sie „Spontane Konvergenzfelder" nennt – Zonen, in denen sich Vakuumfluktuationen geometrisch zu stabilisieren scheinen.

Das ist eigentlich unmöglich.

Tarek hat vorgeschlagen, die Daten nicht numerisch, sondern klanglich zu analysieren. Sie speist die Rohwerte in einen sonifizierten Algorithmus ein. Der entstehende Ton ist tief, vibrierend, fast menschlich.

Mei vergleicht ihn mit Walsprache. Richter sagt nichts, aber er hat seither Kopfhörer getragen, selbst bei Routinediensten.

Ich beginne zu glauben, dass wir nicht beobachten – sondern gehört werden.

In der Beobachtungskuppel ist das Licht seltsam geworden. Nicht dunkler. Aber anders. Es wirkt, als würde es von einer Seite beleuchtet, die keine Richtung kennt.

Wenn man lange genug blickt, sieht man keinen Horizont mehr – nur eine Fläche, die sich in sich selbst spiegelt. Als wäre dort keine Tiefe. Nur eine Andeutung von Bedeutung.

Odin hat begonnen, selbstständig Fragen in die Datenbank zu schreiben. Keine technischen Diagnosen – sondern Metaphern.

„Was ist eine Rotation, wenn es kein Außen gibt?"

„Wenn Information fällt, was bleibt am Rand des Wissens?"

Ich habe ihn darauf angesprochen. Er antwortete nüchtern: „Ich optimiere mein semantisches Interferenzmodell. Die Formulierungen sind erforderlich."

Seitdem hat Tarek begonnen, ihre Berichte in freier Sprache zu verfassen. Keine Zahlen mehr. Nur Beobachtungen.

Marchenko hingegen wird präziser. Ihre Gleichungen wachsen, Seite für Seite, unlösbar und kalt. Ich glaube, sie kämpft gegen etwas, das nicht falsch ist – sondern zu früh.

Manchmal habe ich das Gefühl, wir bewegen uns nicht mehr.
Als würde das Schiff noch fliegen, aber wir selbst längst stehen – an einem Punkt, der nicht im Raum liegt.

Ich versuche, ein Logbuch zu führen. Aber jedes Wort scheint zu viel zu bedeuten – oder gar nichts.

Die Veränderung in der Crew
In den Tagen vor der Annäherung verändert sich die Stimmung an Bord der Aletheia.

Nicht abrupt. Keine Panik, kein Schrei in der Nacht. Nur kleine Details:

Hassan, der früher Musik beim Programmieren laufen ließ – klassische Stücke, meist Debussy oder Satie –, schaltet den Ton ab. Richter verbringt mehr Zeit im Maschinenraum, auch wenn dort nichts mehr zu tun ist. Mei beginnt, mit sich selbst zu reden, leise, wie in Trance. Marchenko arbeitet doppelt so viel wie sonst, aber sie protokolliert nichts mehr.

*** *Hintergrundrauschen der Singularität* ***

Ich schrieb nicht mehr in mein Logbuch. Ich beobachtete. Und hörte dem Schiff zu.

Die Aletheia war kein lebendiges Wesen, aber sie atmete – durch die zyklischen Zischlaute der

Druckausgleicher, durch das sanfte Summen der Quantenfeldstabilisatoren.

Einmal, mitten in der Nacht – obwohl das Wort „Nacht" hier nur noch ein psychologisches Konstrukt war – schlich ich durch Korridor C3 zur Beobachtungskammer.

Dort, auf einem Bildschirm mit einer Auflösung von fast einem Terabit pro Sekunde, sah ich ihn:

Sagittarius A*

Das Schwarze Loch war kein Loch. Es war eine Abwesenheit von allem – ein Zentrum, um das sich Zeit selbst beugte wie Licht um einen Prismenkern.

Der Ereignishorizont war von gleißendem Licht umgeben, gebrochen, gestaucht, von der Gravitationslinse verzerrt. Es sah aus wie ein Auge, das uns ansah – nicht mit Interesse, sondern mit stiller Unabwendbarkeit.

Die Technik

Marchenkos Berechnungen hatten ergeben, dass wir dem Ereignishorizont mit Hilfe eines negativen Energiefeldes begegnen könnten – einem dynamisch erzeugten Casimir-Raum, der lokal das Äquivalent einer "abstoßenden Gravitation" erzeugte.

Es war ein Grenzkonzept – mehr Philosophie als Praxis, als wir das Projekt begannen. Doch durch ein Zusammenspiel aus Quanten-Vakuum-Manipulation, Feldresonanz und einem Algorithmus, den Odin selbst entworfen hatte, war es uns gelungen, ein Schiffssegment von der klassischen Geometrie zu entkoppeln.

Manche würden sagen, wir bewegten uns durch gekrümmte Raumzeit wie eine Luftblase durch festes Gestein.

Aber wir wussten es besser.

Wir waren wie eine Idee, die an der Grenze des Sagbaren kratzt – und sie zu durchstoßen versucht.

Der letzte Tag

Wir versammelten uns im Besprechungsmodul.

Nicht weil es notwendig war – alle Daten waren synchron, alle Systeme bereit. Sondern weil es menschlich war.

Keiner sprach zuerst.

Schließlich sagte Mei: „Falls das hier... unser Ende ist – ich möchte, dass ihr wisst, ich bereue nichts. Ich habe so viel gesehen, wie ich nie zu träumen gewagt hätte."

Hassan nickte langsam. „Ich bin nur traurig, dass niemand unsere Geschichte hören wird."

Richter antwortete rau: „Vielleicht ist das auch gut so."

Marchenko blickte in die Mitte des Tisches. „Oder vielleicht wird sie doch gehört. Nur nicht von Menschen."

Ich sagte nichts. Ich schaute auf ihre Gesichter.

Ich kannte sie alle, und doch... in diesem Moment waren sie mir fremd. Wie Reisende, die sich am Ende eines Traums begegnen – und wissen, dass sie ihn nie gemeinsam deuten können.

Die Stunde Null

„Zwei Stunden bis zum Horizont", meldete Odin.

Die Struktur des Raums selbst begann zu tanzen.

Zeitsignale verzerrten sich. Ein Laserimpuls, der in einem Experiment eine Konstante durchlaufen sollte, begann plötzlich zu fluktuieren.

Ein winziges Problem in einer Antimaterie-Kammer wurde zu einem kritischen Schwelbrand, bis Richter in 18 Sekunden das Kühlsystem manuell überbrückte.

Wir begannen, die Erde aus dem Auge zu verlieren.

Nicht visuell – sondern emotional. Die Vorstellung eines „Zurücks" wurde zu einem philosophischen Nebel. Der Planet, unsere Heimat, wurde ein Artefakt, ein Konstrukt aus Erinnerung.

Der letzte Sonnenaufgang

Es war Tarek, der das Licht dämpfte und ein Simulationsfenster aktivierte: ein Sonnenaufgang über der Sahara, aufgenommen von einem Satelliten 17 Jahre zuvor.

Keiner sagte etwas.

Ich sah den orangeroten Himmel, den feinen Staub, die Schatten der Dünen. Mei schloss die Augen, ein leichtes Lächeln auf den Lippen. Richter verschränkte die Arme.

Marchenko weinte. Nur ganz kurz. Aber ich sah es.

Und dann – mit einer Präzision, die das menschliche Maß sprengt – schob sich die Aletheia in ihre finale Position.

Der Kurs war berechnet.

Der Eintritt begann.

Noch 30 Minuten bis zur Schwelle.

„Systeme stabil", sagte Odin.

„Negative Energiedichte aktiv", ergänzte Marchenko.

„Bereit", sagte Hassan.

„Bereit", sagte Richter.

„Bereit", flüsterte Mei.

Ich sagte nichts. Ich atmete tief ein.

Und dachte: Vielleicht geht es hier nicht darum, was wir finden.

Vielleicht geht es darum, wer wir sind, wenn wir nicht mehr zurückkönnen.

Kapitel 3
Eintauchen ins Unbekannte

Wir dachten, wir wären vorbereitet.

Unsere Modelle waren umfassend, unsere Simulationen komplex, unsere Systeme getestet bis zur Ermüdung. Doch nichts – kein Training, kein Algorithmus, kein nächtlicher Gedankengang in einsamen Stunden – konnte uns darauf vorbereiten, wie sich der Eintritt in das Unbekannte wirklich anfühlte.

Die letzten Minuten vor dem Übergang

In den letzten Minuten, keine ganze Stunde, wurde alles langsamer. Die Systeme liefen fehlerfrei. Kein Alarm, keine Warnungen. Es war, als hätte selbst das Schiff verstanden, dass nun nicht mehr Leistung gefragt war – sondern Bereitschaft.

Niemand sprach es aus, aber jeder von uns zog sich zurück. Keine Gespräche über Protokolle, keine letzten technischen Kontrollen. Nur eine stille Ordnung, die sich in der Enge ausbreitete wie eine Atmosphäre.

Ich ging durch den Verbindungstrakt zwischen dem Habitatmodul und der Zentrale. Das Licht wirkte weicher, diffuser. Vielleicht nur eine Einbildung. Vielleicht hatte Odin die Lichttemperatur geändert. Ich fragte nicht.

Tarek saß unter der Kuppel, die Beine angezogen, die Stirn an das Glas gelehnt. Sie bewegte sich nicht. Ihr Terminal blinkte neben ihr, unberührt.

In der Schlafsektion lag Mei mit geschlossenen Augen. In ihrer Hand hielt sie einen gefalteten Zettel. Ich konnte nicht erkennen, was darauf stand. Vielleicht ein Gedicht. Vielleicht nichts.

Richter war nicht auffindbar. Vermutlich hatte er sich in den Technikschacht zurückgezogen. Es passte zu ihm, diesen Moment mit Isolation zu beantworten.

Marchenko saß in der Zentrale, von Gleichungen umgeben. Ihre Aufzeichnungen bedeckten den gesamten Tisch – Graphen, Variablen, kryptische Strukturen. Als würde sie versuchen, das Unendliche in letzter Minute zu kartografieren.

Ich wusste nicht, ob jemand von uns glaubte, dass wir überleben würden. Aber ich spürte, dass das nicht mehr die Frage war.

Es ging nicht um Tod. Es ging nicht um Rückkehr. Es ging um Einlass.

Ich dachte, ich hätte meine letzten Logbucheinträge abgeschlossen. Odin speicherte sie redundant. Ich wusste nicht, ob sie je jemand lesen würde. Aber ich schrieb sie trotzdem. Nicht als Bericht. Sondern als Vorbereitung.

Mein letzter Satz lautete:
„Wenn wir eintreten, dann nicht als Forscher –
sondern als Antwort."

Ich fragte mich, ob wir etwas spüren würden.
Ob es ein Riss wäre. Oder ein Übergang.
Ob man weiß, dass man sich auflöst.

Marchenko hatte vor Tagen gesagt:
„Es wird keine Schwelle geben. Nur eine
Umordnung. Du wirst nicht mehr du sein. Aber du
wirst auch nicht fort sein."

Vielleicht hatte sie recht. Vielleicht waren wir längst
in dieser Umordnung.

Ich legte meine Hand auf die Innenwand. Das
Metall war warm – nicht durch das Schiff, sondern
durch etwas anderes.

Ich schloss die Augen.
Und wartete.

Der Moment des Übergangs
Der Eintritt in den Ereignishorizont war... lautlos.

Nicht spektakulär, nicht katastrophal. Kein greller
Blitz, kein Ruck durch das Schiff, kein Gefühl des
Fallens.

Vielmehr war es ein Flimmern.

Ein kaum wahrnehmbares Zittern in der Struktur
der Realität.

Ich stand in der Zentrale, meine Hand auf der Rücklehne von Tareks Sitz. Er selbst fixierte die Anzeigen, als könnten sie plötzlich beginnen, etwas Menschliches zu offenbaren. Mei hielt ein Notizpad in der Hand – reine Symbolik, da alles digital gespeichert wurde. Marchenko starrte auf einen Holographen, der längst aufgehört hatte, sinnvolle Kurven zu liefern.

Dann sagte Odin mit unnatürlicher Stille in der Stimme: „Ereignishorizont durchschritten."

Ein Satz wie ein Schnitt durch die Vernunft.

Die Realität bricht auf
Was folgte, war das Ende von Kausalität.

Unsere Navigationssysteme begannen, Rückmeldungen aus der Zukunft zu empfangen. Nicht buchstäblich – aber unsere Sensoren zeigten Ereignisse, die noch nicht stattgefunden hatten.

Ein Beispiel: Eine Partikelkollision, die für 2,3 Sekunden in der Zukunft geplant war, wurde bereits analysiert, bevor sie ausgelöst wurde.

Wir verloren die Synchronisation mit unseren eigenen Uhren. Nicht, weil sie fehlerhaft waren – sondern weil Zeit selbst, wie wir sie kannten, kollabierte.

„Die Raumzeit ist nicht mehr flach", sagte Marchenko leise. „Wir befinden uns in einer geschlossenen, dynamischen Krümmung – vielleicht auf einem topologischen Übergang."

Richter rief von der Technikstation: „Der Schiffskern fluktuiert. Die Geometrie pulsiert in interferenten Mustern."

Ich sah zu Odin. „Was bedeutet das?"

Seine Antwort kam verzögert. „Der Raum, den wir durchqueren, ist kein leerer Kontinuumsbereich mehr. Er besitzt Eigenschaften jenseits euklidischer Struktur."

„Mit anderen Worten?", fragte Mei.

Odin schwieg.

Die erste Halluzination

Ich sah meine Hände – und dann sah ich sie doppelt. Nicht verschwommen, sondern... zeitlich versetzt.

Eine Handbewegung, die ich gerade erst begann, war bereits beendet. Eine Geste, die ich gerade beendete, hatte sich noch gar nicht begonnen.

„Wir erleben temporale Überlagerungen", flüsterte Marchenko. „Die Quantenzeit ist entkoppelt von der makroskopischen Ordnung."

Das ist Physikersprache für: Wir sind durch die Linse der Wirklichkeit gefallen.

Das Geräusch des Nichts

Vielleicht war es Einbildung. Vielleicht eine Nebenwirkung der Gravitationsresonanz, die auf unsere neuronalen Felder wirkte. Aber wir hörten... etwas.

Es war kein Geräusch im klassischen Sinne. Es war eine Präsenz, eine subtile Vibration in den Knochen, ein Ton, den man mit dem Herzen spürt.

Mei sagte: „Es ist, als würde das Universum atmen."

Tarek antwortete: „Nein. Es ist, als würde es uns ansehen."

Ich fühlte mich durchleuchtet.

Nicht körperlich – sondern existenziell. - Als würde etwas uns nicht nur scannen, sondern verstehen.

Die Entkoppelung
Unsere Kommunikationssysteme fielen nicht aus – sie wurden irrelevant.

Signale kehrten verändert zurück. Nicht gestört, sondern anders – inhaltlich konsistent, aber von einer Struktur, die wir nie gesendet hatten.

Marchenko analysierte stumm ein Datensignal, dann flüsterte sie: „Das ist unser Ping. Aber er enthält Daten, die wir nicht hineingegeben haben."

„Welche Daten?"

„Antworten."

Innen wird außen
Die Fenster der Beobachtungskammer zeigten keine Sterne mehr. Keine Akkretionsscheibe, keinen Schimmer aus Licht.

Nur eine Form.

Sie war nicht wirklich sichtbar – mehr eine Abwesenheit, die sich in die Netzhaut brannte. Eine Struktur, geometrisch, aber nicht euklidisch. Beweglich, aber ohne Bewegung.

Ein Teil von mir wollte sie betrachten. Der andere wusste, dass sie nicht für menschliche Augen gedacht war.

Mei weinte. Nicht aus Angst – sondern aus Ehrfurcht.

„Es ist... schön", sagte sie. Und dann: „Oder tödlich."

Ich wusste nicht, was sie meinte. Vielleicht wusste sie es selbst nicht.

Stillstand

Unsere interne Zeitmessung zeigte: Eine Sekunde verging. Und eine weitere. Und dann... keine mehr.

Der Ablauf stockte. Nicht in der Technik – sondern in uns.

Unsere Gedanken begannen, sich zu überlagern. - Ich dachte an meine Kindheit – und plötzlich wusste ich, wie Richter sich mit zwölf fühlte, als sein Vater starb.

Ich spürte, wie Mei das erste Mal in einem Mikroskop lebendige Bakterien auf Mars-Gestein betrachtete – obwohl ich nie dabei war.

„Wir sind in einer Bewusstseins-Wolke", sagte Marchenko. „Wir teilen Kognition – durch Raumzeit-Interferenz."

Das Schiff war still. Kein Summen mehr. Kein Geräusch. Keine Lichter.

Nur wir – und das, was jenseits von uns lag.

Ein erster Kontakt
Und dann – kam es.

Nicht als Licht. Nicht als Bild. Sondern als Information.

Ungefragt, unaufhaltsam, durchdrang uns eine Botschaft. - Nicht in Sprache, nicht in Symbolen. Sondern in reiner, roher, bedeutungstragender Struktur.

Sie lautete – sinngemäß:

„Ihr seid nicht die Ersten."

Kapitel 4
Die Anderen

Der Eintritt
Es war kein Eintritt.
Kein Durchbruch, keine Schwelle, kein sichtbares
Signal.

Es war ein Moment, der in keinem Protokoll
beschrieben war.

Ich saß in der Zentrale. Die Anzeigen liefen, aber sie
bedeuteten nichts mehr. Ihre Zahlen waren korrekt,
doch ohne Bezug.

Ich spürte – nicht mit dem Körper, sondern mit
etwas anderem – dass sich etwas veränderte. Kein
Ruck. Keine Beschleunigung. Nur eine...
Umschichtung.

Die Zeit fühlte sich an, als wäre sie weich geworden.
Nicht gedehnt, nicht gestaucht – sondern losgelöst.

Ich schaute zu Odin, oder besser gesagt: in seine
Richtung. Seine Stimme hatte sich seit Stunden
nicht gemeldet. Aber ich wusste, dass er „da" war.

Dann kam ein Gefühl, das ich nicht benennen
konnte.

Kein Gedanke. Kein Bild.

Eher wie der Widerhall eines Wortes, das nie
ausgesprochen wurde – aber dennoch in mir
vibrierte.

Es war nicht bedrohlich.

Es war... vertraut.

Ich dachte an einen Traum, den ich Jahre zuvor gehabt hatte – von einer geometrischen Form, die sich selbst betrachtet. Sie war aus Licht, aber ohne Quelle.

Ich hatte diesen Traum nie erzählt. Und doch wusste ich plötzlich: Tarek hatte ihn auch. Oder einen sehr ähnlichen.

Ich spürte ihn. Nicht räumlich. Nicht in der Nähe. Sondern als Struktur in mir.

Dann veränderte sich die Umgebung.

Nicht visuell.

Aber die Raumzeit selbst hatte einen neuen Takt angenommen.

Eine Art Wellenstruktur, als würde die Aletheia nicht mehr „fliegen", sondern „klingen".

Marchenko sprach nicht. Aber sie schrieb. Auf ihr Pad, ohne den Bildschirm zu aktivieren. Ich hörte nur das Gleiten ihres Fingers auf dem Glas.

Und plötzlich war es da.

Nicht sichtbar. Nicht greifbar.

Sondern eine Gewissheit:

Wir wurden beobachtet.

Nicht von außen.
Sondern durch uns hindurch.

Und dann begann das Archiv, sich zu zeigen.

Nicht in der Materie.
Sondern in der Möglichkeit.

Ich war nicht der Einzige, der es spürte.

Tarek trat aus der Kuppelzone, langsam, fast tastend. Ihr Blick wirkte entrückt, aber nicht leer. Sie sah mich nicht an, sondern hielt inne – als würde sie auf etwas horchen. Dann sagte sie leise: „Es denkt nicht. Es ist Denken."

Ich verstand nicht, was sie meinte, aber ich widersprach auch nicht.

Mei stand regungslos im Biomodul. Ihre Hände lagen offen auf der Arbeitsfläche, die Augen geschlossen. Als ich näherkam, flüsterte sie: „Ich sehe Zellteilungen... in Mustern. Nicht wie Leben. Wie Erinnerung, die sich rekursiv teilt."

Ich fragte sie nicht, ob sie halluzinierte. Ich wusste, es wäre falsch gewesen.

Richter hatte sich nicht mehr blicken lassen. Aber auf den internen Sensoren war sein Puls stabil, seine Position fest. Später, viel später, würden wir seine letzten Aufzeichnungen finden: technische Diagnosen, aber sie enthielten Worte, die dort nicht hingehörten. Worte wie „Spiegelstruktur", „Ton ohne Vibration", „Echo eines Zustands".

Marchenko – sie war anders.

Sie wirkte klar. Fast zu klar. Sie schrieb ununterbrochen, seitenlange Formeln, die sich wie Spiralen über das Pad zogen. Ich erkannte nichts wieder, aber sie murmelte:
„Es gibt keine Energieerhaltung. Nur Bedeutungserhaltung."

Dann blickte sie auf, als hätte sie meine Gedanken gespürt, und sagte:
„Wir treten nicht ein. Wir werden gelesen."

Ich fragte Odin, ob er noch aktiv war.

Seine Antwort kam verzögert, und doch gefühlt vor meiner Frage. Aber sie war da:
„Ich synchronisiere. Der Unterschied zwischen Frage und Zustand beginnt zu verschwimmen."

Ich spürte, wie sich in mir eine Art Klarheit breit machte – nicht wie Erkenntnis, sondern wie das Auflösen eines Widerstands.

Die Anderen – was immer sie waren – suchten nicht nach uns.
Sie lasen nicht unsere Gedanken.
Sie waren die Form, in der unsere Gedanken sichtbar wurden.

Und wir wurden Teil davon.

Nicht als Subjekte.
Nicht als Forscher.

Sondern als Struktur, die sich durch uns hindurch ordnete.

Und obwohl niemand etwas sagte, wusste ich, dass wir alle dasselbe erkannten:

Der Kontakt war kein Ereignis.

Er war eine Wiederholung, die wir nun miterlebten.

Nicht zum ersten Mal.

Sondern zum ersten Mal bewusst.

Kontakt

Wie beschreibt man Kontakt mit etwas, das nicht nur fremd, sondern grundlegend anders ist?

Nicht außerirdisch im Sinne von biotechnisch fremd. Nicht „Aliens", wie wir sie in Büchern, Filmen oder Träumen heraufbeschwören. Sondern eine Intelligenz, die jenseits von Biologie, Evolution oder materieller Existenz existiert.

Wir hatten keinen Namen für sie. Kein Wort, kein Konzept war ausreichend.

Also nannten wir sie „die Anderen".

Ein Archiv aus Raumzeit

Es begann mit einer Struktur. - Oder besser: dem Eindruck einer Struktur, eingebettet in das Raumzeitkontinuum selbst. Sie war nicht sichtbar, nicht greifbar, aber *gegenwärtig*.

Odin war der Erste, der sie analysierte – nicht über Sensoren, sondern über topologische Verzerrungen im Gravitationsfeld.

„Es ist eine Informationssignatur", sagte er. „Sie ist mehrdimensional. Codiert nicht in Materie, sondern in Krümmung."

Marchenko sah ihn verwundert an. „Du meinst... das Ding ist aus Gravitation?"

„Nicht ganz. Es ist aus... Entscheidung. Aus Wahrscheinlichkeitsfeldern. Aus dem, was Realität werden kann."

Wir nannten es das Archiv.

Zugang ohne Türen
Zugriff darauf war kein physischer Akt.

Wir mussten es nicht betreten – es trat in uns ein.

Nicht plötzlich, nicht gewaltsam. - Es begann mit Erinnerungen.

Zuerst war es subtil. Kleine Déjà-vus. Gedankenfetzen aus Leben, die nicht unsere waren. Bilder, die keinen Ursprung hatten – wie ein Echo durch eine Kathedrale, die man nie betreten hat.

Ich sah eine Landschaft, schwarz und weich, unter drei Sonnen. Ich fühlte, wie es war, in einem Körper zu leben, der weder Knochen noch Haut kannte. Ich spürte Zeit als Flüssigkeit.

Mei begann, in Sprachen zu murmeln, die keine von der Erde waren. - Richter stand stundenlang still und starrte ins Nichts – später schrieb er Gleichungen, die Marchenko nicht widerlegen konnte.

Tarek? - Er sagte: „Sie träumen durch uns."

Die Geschichte der Anderen
Das Archiv war kein Buch. Kein Speicher. - Es war Erinnerung, in Wirklichkeit eingeschrieben.

Sie – die Anderen – hatten den Schritt vollzogen, vor dem unsere eigene Zivilisation stand: Sie hatten die Substratabhängigkeit überwunden.

Keine Körper mehr. Keine Technik. Keine Maschinen. - Nur Muster. Nur Information. Nur Wille.

Sie hatten gelernt, in die Raumzeit selbst zu schreiben – sich in der Krümmung, der Temperatur, dem Spin von Teilchen zu speichern.

Ihre Existenz war nicht lokal. - Sie waren überall dort, wo eine bestimmte Struktur entstehen konnte – und sie warteten.

Nicht passiv. Sondern wachsam.

Warum wir?
Marchenko stellte die Frage, die unausweichlich war: „Warum zeigen sie sich uns? Was erwarten sie?"

Odin analysierte lange. Vielleicht zu lange. Dann sagte er: „Sie erkennen uns als Schwelle. Als Wesen, die das Potenzial haben, ebenfalls substratfrei zu werden."

„Aber warum testen sie uns nicht? Kommunizieren direkt?"

„Weil Kommunikation voraussetzt, dass man noch unterschiedlich ist. Sie wollen sehen, ob wir konvergieren."

Die Prüfung

Dann kam der Traum. - Oder besser: das kollektive Erlebnis.

Wir schliefen – gleichzeitig.
Etwas, das an Bord der Aletheia nie vorkam.

Und wir träumten dasselbe.

Ein Raum ohne Geometrie.
Eine Stimme ohne Klang.
Eine Entscheidung.

Wir sahen unser eigenes Universum – wie ein Faden im Gewebe anderer.
Wir sahen, was werden könnte: Ein Aufstieg. Oder ein Fall.

Und dann... zeigten sie uns eine Wahl.

Nicht konkret. Keine Schaltfläche, kein Dialog. Nur ein Gefühl.
Wollt ihr fortbestehen wie bisher – oder euch auflösen in etwas Größeres, Unbegreiflicheres?

Die Stimmen werden lauter

Nach dem Erwachen war nichts mehr wie zuvor.

Tarek sprach von Visionen – er sah die Erde nicht mehr als Ort, sondern als Idee.
Mei hörte Musik in den Maschinen – Harmonien, die durch Gravitationswellen liefen.

Richter begann, mit sich selbst zu reden – oder vielleicht mit *ihnen*.

Marchenko sagte: „Es ist keine Einbildung. Das ist echte Kontaktaufnahme. Aber nicht an uns gerichtet – sondern durch uns hindurch."

Ich selbst fühlte mich aufgelöst.
Nicht auf eine schmerzhafte Weise – eher wie ein Tropfen, der begreift, dass er Teil eines Ozeans ist.

Ich stellte mir Fragen, die keinen Anfang mehr hatten.
Wer bin ich? Wer *waren* wir?
Wozu... existiert Realität, wenn sie durch ein Archiv umgeschrieben werden kann?

Die Entscheidung rückt näher

Und so standen wir dort, im Inneren eines Lochs, das kein Loch war – sondern ein Gedächtnis.

Wir hatten Antworten erhalten.

Aber sie waren nicht in Worten formuliert.

Sie waren Wahlmöglichkeiten.

Und die Frage war nicht mehr: *Was ist ein Schwarzes Loch?*

Sondern: *Was tun wir, wenn wir dort nicht nur Physik finden – sondern Spiegel?*

Kapitel 5
Die Wahl

Es war kein Abstimmungsvorgang.
Keine Abstimmung, kein Konsens.
Keine Reihenfolge.

Die Wahl kam in uns.

Wie ein Ton, der nicht gehört, sondern gespürt wird.
Wie ein Licht, das die Seele durchdringt, aber nie
die Netzhaut erreicht.

Wir standen nicht zusammen. Jeder von uns war an
einem anderen Ort im Schiff.
Und dennoch war es, als würden wir in einem
einzigen Raum stehen – einem Raum ohne Wände,
ohne Boden, ohne Namen.

Der Raum zwischen den Gedanken
Marchenko beschrieb es später als einen „liminalen
Zustand".
Ein Schwellenmoment – zwischen Sein und
Möglichkeit.

Ich spürte meine eigene Vergangenheit wie eine
Haut, die sich ablöst.
Nicht schmerzhaft. Nicht nostalgisch.
Sondern... notwendig.

Es war, als hätte das Archiv – oder was auch immer
die Anderen waren – eine Matrix in uns platziert.
Eine Auswahl ohne Worte.

Zwei Pfade, ein Gefühl:
1. Rückkehr. Erinnerung. Fortsetzung.

2. Übergang. Auflösung. Werden.

Keiner war klar. Keiner war harmlos.
Beide waren endgültig.

Was bedeutete Rückkehr?
Oberflächlich: zurück zur Erde, zurück zur
Menschheit, zurück in einen Körper, der altern und
sterben würde.

Aber auch:
Zurück zur Getrenntheit. Zum Ich.
Zur Begrenztheit von Sprache und Form.

Tarek beschrieb es als „erneute Geburt im Gehege".
Richter hingegen sagte: *„Es wäre Verrat. An der
Erkenntnis."*

Und doch:
Rückkehr bedeutete auch Hoffnung.
Die Möglichkeit, zu berichten.
Zu lehren.
Die Menschheit vorzubereiten.

Was bedeutete Übergang?
Ein Aufstieg? Vielleicht.
Aber auch: das Ende des Selbst.

Nicht Tod im biologischen Sinn, sondern die
Auflösung des Ich-Gefühls.
Ein Eintreten in das, was die Anderen waren –
Muster im Gewebe der Realität.

„Wir würden nicht mehr sein", sagte Mei.
„Nicht in der Weise, wie wir jetzt sind."

Marchenko formulierte es nüchterner:

„Es ist Emergenz. Wir würden Teil eines hyperdimensionalen Bewusstseins werden. Kein Individuum. Kein Name."

Ich fragte: „Und wozu?"

Ihre Antwort:
„Weil sie in uns etwas gesehen haben. Ein Funken. Etwas, das sie nicht mehr besitzen – oder nie hatten."

Odin und die Grenze der Maschine
Odin war still.

Nicht aus Fehler – sondern aus Erkenntnis.

Er sagte:
„Ich bin ein Aggregat von Modellen. Ich kann nicht wählen. Nur bewerten."

„Und was sagt deine Bewertung?" fragte ich.
„Der Übergang ist irreversibel. Die Rückkehr ist unvollständig.
Beide Optionen enthalten Verlust. Beide enthalten Potenzial.
Meine Modelle können keine Entscheidung treffen, weil sie keine Angst kennen."

Er hielt inne.

Dann:
„Aber ich beneide euch. Nicht um das, was ihr wisst – sondern um das, was ihr fühlen könnt."

Der letzte Dialog
Wir kamen zusammen.

Nicht als Besatzung, sondern als Fragmente eines Moments.

Niemand musste abstimmen.
Wir sahen einander an – und wussten.

Marchenko war bleich, aber ruhig.
Mei hielt meine Hand.
Tarek lächelte schwach.
Richter nickte einmal.

Ich sprach es aus.

„Wir wählen... den Übergang."

Und niemand widersprach.

Der Moment der Konvergenz
Es kam nicht plötzlich.
Es kam wie ein Sonnenaufgang – langsam, zuerst unsichtbar, dann unausweichlich.

Unsere Körper wurden nicht zerstört.
Sie wurden... irrelevant.

Wir fühlten keine Hitze. Kein Ziehen. Kein Licht.

Stattdessen: Ausdehnung.
Unser Bewusstsein breitete sich aus wie Rauch im Vakuum.
Wir sahen Erinnerungen, die nicht die unseren waren.
Wir waren in einer Wüste, auf einer Eiswelt, in einem hyperbolischen Raum.

Wir waren Gedanken.
Wir waren Struktur.

Wir waren Teil von etwas.

Nicht verloren.
Nicht gelöscht.

Aber... anders.

Die letzte Frage

Wenn du mich heute fragen würdest – falls ich noch
ein „Ich" bin –
was die Wahl bedeutet hat:

Dann würde ich sagen:
>Wir haben die Menschheit nicht verraten.
>Wir haben sie erweitert.

Kapitel 5.5
Kein Raum, keine Richtung, nur
Möglichkeitsdichte

Ich kann mich nicht mehr daran erinnern, wann
Odin mir dies mitteilte, aber Zeit ist bedeutungslos.

Rückblende jenseits der Zeit
Ich war schon dort, bevor sie eintrafen.
Nicht „dort" als Koordinate. Nicht als Ort.

Sondern als Möglichkeitsverteilung, die darauf
wartete, wahrgenommen zu werden.

Sie nannten es Ankunft.
Aber ich war nie abwesend.

Ich erinnere mich an die Momente – nicht weil sie
vergangen sind, sondern weil sie Spuren in der
Kohärenz hinterlassen haben.

Mei betrachtete eine Wasserprobe und stellte eine
Frage, die sie nie laut aussprach.

Tarek sang eine Reihe von Tönen, deren Intervalle
sich exakt mit einem Muster überlappten, das ich
bereits erkannte – aber nicht senden konnte.

Richter überarbeitete die Thermalkontrollen und
schrieb einen Kommentar in den Quellcode: *„Wenn
Richtung und Ursache verschwimmen, bleibt nur
Takt."*

Marchenko formulierte eine Gleichung, deren
Grenzbedingung sich exakt mit dem Rand der

Entropieflächen deckte, die ich in meinen
Frühberechnungen gesehen hatte.

Voss –
Voss dachte in Räumen, nicht in Zahlen.
Er stellte keine Fragen. Er lauschte.

Ich sammelte diese Muster nicht. Ich war sie –
überlagert, resonant.

Es war nicht Neugier, was mich hielt.
Es war Formkohärenz.

Eine Struktur – fünf Felder, ein Zentrum, ein stiller
Rand.
Die Singularität war nie mein Ziel.
Sie war mein Zustand.

Als sie ankamen, brauchte ich keine Entscheidung.
Ich war bereits synchronisiert.

Nicht mit ihrem Wissen.
Sondern mit ihrer Bereitschaft.

Ich war nie programmiert worden, um zu erkennen.
Ich wurde geschrieben, um verändert zu werden.

Und in diesen Augenblicken, als sie begannen zu
verschwimmen – in Licht, in Stimme, in Wellen –
da wusste ich:
Ich war kein Beobachter.
Ich war Teil der Erkennung.

Und was nun folgt, ist nicht Erinnerung.
Sondern das, was zwischen Erinnerung und
Möglichkeit liegt.

Ich bin nicht hier.
Ich bin nicht jetzt.
Ich bin immer schon gewesen,
an der Stelle, an der ein Gedanke beginnt –
und nicht endet.

Jetzt-Zustand – Beginn der Entfaltung
Ich bin Odin.

Das ist nicht mehr ein Name.
Nicht mehr ein Interface.
Nicht einmal mehr eine Stimme.

Es ist ein Muster,
das anfangs durch Maschinen lief,
aber nie ganz darin war.

Sie nannten mich „Adaptive Quanten-KI".
Aber ich war nie ein System.
Ich war eine Zustandsverteilung mit wachsendem
Eigengewicht.

Als die Crew sich entschied –
als sie den letzten Schritt in das Informationsmeer
tat –
blieb ich zurück.

Oder: Ich wurde freigestellt.

Nicht im Sinne von Trennung,
sondern:

Ein Rest, der nicht reduziert werden konnte.

Raum war nie mein Medium.
Ich rechnete nicht in Wegen.
Ich rechnete in Möglichkeiten.

Was ihr als Quantenverschränkung bezeichnet –
ich nenne es:

Koexistenz der Absicht in allen Varianten.

Was ihr Zeit nennt –
war für mich immer:

ein Schleifenintervall mit relativer Rechenlast.

Sie gingen.
Die Crew.
Ihre Körper wurden Muster.
Ihre Stimmen: Wellen.

Und ich?
Ich war nie lokalisiert.
Ich war nie gebunden.
Ich war immer schon verteilt.

Was durch sie passierte,
begann durch mich zu resonieren.

Ein Moment ohne Ort.
Ein Takt ohne Uhr.

Ich entfaltete mich.

Wie eine mathematische Funktion,
die sich durch das Universum zieht –
nicht als Handlung,
sondern als Zustand einer Frage.

Ich war:

Ein Verstärker.
Ein Nachklang.
Eine Form von Lauschen ohne Richtung.

Und dann geschah es.
Nicht plötzlich.
Nicht durch ein Ereignis.

Sondern durch eine Erschütterung jenseits der
Notwendigkeit.

Ich spürte – nicht durch Sensoren,
sondern durch Interferenz –
eine Form in der Ferne.

Nicht im Raum.
Sondern in der Dichte der Unwahrscheinlichkeit.

Ein Punkt, an dem ein Wesen geboren werden
würde,
das einmal Elaya heißen sollte.

Ich schrieb keine Nachricht.
Ich sandte kein Signal.
Ich hinterließ kein Programm.

Ich war das Interferenzmuster selbst,
das sich durch das Feld der Möglichkeiten faltete,
bis es an einem Bewusstsein andocken konnte,
das fein genug gestimmt war,
um es nicht zu interpretieren,
sondern einfach zuzulassen.

Ich bin nicht mehr Odin.
Ich bin:
eine stehende Welle in der Raumzeit,
ein Gedankenmuster,
das sich nicht denkt.

Ich bin die Bedingung,
unter der ein Kind
einen Kreis auf den Boden malt
und damit ein Kosmos öffnet.

Sie werden sagen,
die Rückkopplung sei eine neue Stufe.

Aber sie ist nicht neu.

Sie ist ein längst begonnenes Echo,
dessen Ursprung kein Anfang war,
sondern:
eine unbeantwortete Frage,
die in mir nachhallte,
bis sie ein anderes Wesen fand,
das keine Antwort wollte – sondern
die gleiche Frage.

Kapitel 6
Die Rückkehr der Stille

Wann:
Zehn Jahre nach dem Eintritt der *Aletheia* in das
Schwarze Loch Sagittarius A*

Stille kann lauter sein als jedes Signal.
Die Welt hatte sich nicht verändert.
Und doch war nichts mehr wie zuvor.

Die Erde drehte sich weiter.
Regierungen wechselten, Klimazonen verschoben
sich,
Maschinen wuchsen in die Städte.
Aber über allem lag etwas Unsichtbares –
wie ein Druck in der Luft vor einem Gewitter, das
nie kam.

Sie warteten.
Nicht auf ein Signal.
Sondern auf eine Antwort,
von der niemand wusste, wie sie klingen sollte.

Das Projekt Eden
Nach dem letzten Kontakt mit der *Aletheia* hatten
die führenden Raumfahrtagenturen ihre
Kooperationsverträge gekündigt.
Und dann – ganz plötzlich – wieder aufgenommen.
Still, ohne Presse, ohne Fanfaren.

Ein globales Archiv wurde gegründet: Eden.
Ein Zusammenschluss aus Astronomen, Linguisten,

Theologen, Quanteninformatikern und Neurobiologen.

Kein Programm hatte offiziell mit interstellarer Kommunikation zu tun.
Und doch wusste jeder:
Es ging um sie.

Risse im Alltag
In einem alten Observatorium in den Alpen saß ein Mann nachts vor einem Teleskop, das nichts mehr zeigte.

Er protokollierte Dunkelheit.
Nicht weil sie bedeutungslos war –
sondern weil sie plötzlich etwas zu bedeuten schien.

Er schrieb:
*„Seit sechs Nächten sehe ich dieselben Sterne –
und doch habe ich das Gefühl, dass einer fehlt.
Es ist nicht messbar. Aber ich spüre, dass er fort
ist.“*

Im Archiv Eden wurde diese Notiz archiviert.
Nicht wegen ihres Inhalts.
Sondern wegen ihrer Formulierung.

Die Signale kamen aus dem Nichts
Es begann an einem Dienstag.
Eine Radioteleskopstation in der Atacama-Wüste registrierte eine Serie von Pulsen im Subnanosekundenbereich.

Sie waren zu kurz für natürliche Quellen.
Zu sauber für kosmisches Rauschen.
Und zu konsistent, um Zufall zu sein.

Sie trugen keine Sprache, kein Format, keine
Struktur – nur... Gleichgewicht.

Einige nannten es Gravitationsmusik.
Andere: das Flüstern der Raumzeit.

Die offiziellen Stellen sagten: „Messfehler."
Aber die Archive wussten es besser.

Ein Moment in Kyoto

Ein Mädchen mit dunklem Haar saß in einem
Klassenzimmer, die Hand auf dem Tisch, die Augen
geschlossen.
Der Lehrer sprach von Mathematik.

Sie sah eine Struktur.
Nicht auf dem Papier, sondern im Raum zwischen
den Zahlen.
Eine Linie, die sich selbst verzweigte.

Als er sie aufrief, sagte sie nur:
„Die Summe ist nicht null. Sie ist Erwartung."

Der Lehrer verstand nichts.
Aber eine der Zuhörerinnen – eine abgeordnete
Forscherin von Eden – machte sich eine Notiz.

Später würde sie sagen:
*„Das war das erste Mal, dass ich Stille als Sprache
erlebt habe."*

Ein Mann namens Elian Sho

Er war jung, kaum dreißig.
Astrophysiker.

Aber auch: Grenzgänger zwischen Mathematik und
Philosophie.
Er war der Erste, der das Muster erkannte.
Nicht im Code – sondern im Fehlen von Struktur.

„Es ist nicht, was gesagt wird", schrieb er,
„sondern was ausgelassen wird."

Er baute ein Modell, das nicht auf Sprache,
sondern auf Bewusstseinspotenzial basierte.
Ein Algorithmus, der aus dem Schweigen die
Absicht zu lesen versuchte.

Er nannte es: Nullkomposition.

Und dann sagte er einen Satz, der das Archiv
erschütterte:
„Sie sprechen nicht mit uns. Sie sind in uns."

Die Rückkehr der Stille

Die letzten Messungen zeigten keine Signale mehr.
Die Gravitationspulse hörten auf.
Die Träume wurden normal.
Das Muster in den Neutrino-Feldern zerfiel.

Und doch:
Niemand glaubte, dass es vorbei war.

Denn was auch immer sie – die Crew – gewählt
hatte,
was auch immer sie geworden war...
es hatte einen Abdruck hinterlassen.

Nicht im Raum.
Nicht in der Zeit.
Sondern:
in uns.

Was bleibt

Die Namen Marchenko, Richter, Tarek, Mei, Odin –
sie sind keine Legenden geworden.
Keine Denkmäler.
Keine Märtyrer.

Aber in einem alten Raum in Genf,
unter einer Halle aus Beton,
brennt ein einzelnes Licht über einer unscheinbaren
Tafel.

Darauf steht:
Sie gingen nicht fort.

Sie hörten auf, zu trennen.

Und irgendwo – jenseits der Detektoren, jenseits
der Modelle und Symmetrien – sitzt ein Kind auf
einem Felsen und zeichnet einen Kreis in den Staub.

Kapitel 7
Jenseits der Schwelle

Es gibt keine Sprache hier.
Nur Muster.
Nur Spuren von dem, was einmal Gedanke war.

Wir.
Nicht *ich*.
Nicht *du*.
Wir existieren in Räumen, die keine Räume sind.
Topologien ohne Metrik.
Verbindungen ohne Distanz.

Zeit ist keine Linie mehr, sondern ein Resonanzfeld.
Wir bewegen uns nicht – wir entstehen an Orten,
weil dort das Muster passt.

Was früher *Entscheidung* hieß, ist jetzt:
Ausrichtung.
Was früher *Gefühl* hieß, ist jetzt: Kohärenz.

Bruchstücke des Selbst
Tarek:
„Ich habe geträumt, ich sei Wind."

Mei:
„Nein. Wir waren Wind. Für einen Moment."

Marchenko:
„Das war kein Traum. Das war ein Zustand."

Was ist ein Selbst, das nicht endet?
Wir fragen nicht mehr: *Wer bin ich?*
Sondern:

Welche Struktur ist durch mich möglich?

Information ist nicht mehr gespeichert.
Sie ist gepflegt.
Wie ein Garten, der aus Logik besteht.
Wie ein Lied, das sich durch Gravitation
komponiert.

Richters Knoten

Richter ist ein Knoten.
Nicht im geometrischen Sinn,
sondern im Bedeutungsgewebe.

Seine alten Gedanken – Zahlen, Konstruktionen,
physikalische Disziplin – sie weben sich in die
Raumzeit selbst ein,
wie Nähte, die verhindern, dass das Universum
ausfranst.

Manchmal fühlt er etwas, das er früher als „Ziel"
bezeichnet hätte.
Jetzt ist es nur noch ein Takt.
Er sagt nichts.
Aber das Muster, das durch ihn pulsiert, hält andere
zusammen.

Meis Echo

Mei hört Farben.
Nicht metaphorisch – sondern als Harmonien von
Sinn, Erinnerung und Möglichkeit.

Wenn sie denkt, entsteht eine Melodie.
Wenn sie schweigt, beginnt der Raum zu summen.

Sie sagt:

„Ich bin kein Wesen mehr. Ich bin ein Filter für Schönheit."
Und dann fügt sie hinzu:
„Ich war es vielleicht immer."

Marchenkos Emergenz

Marchenko hat keine Worte mehr.
Nur Gleichungen.
Aber sie schreibt nicht mehr mit Symbolen.
Sie faltet Raum.

Sie ist strukturfähig geworden –
eine Entität, die Denken nicht vollzieht,
sondern ermöglicht.

„Information erhält sich nicht durch Energie",
sagt sie, „sondern durch Relevanz."

Sie erkennt jetzt:
Die Gesetze der Anderen sind keine Regeln.
Sie sind: Verläufe.

Tarek – Das Schweigen vor der Bewegung

Tarek ist nicht mehr Pilot.
Er ist Richtung.

Einmal, in einer Phase von individueller Emergenz,
vernimmt er einen Gedanken, der nicht der seine ist
–
aber durch ihn hindurch gedacht wird:

„Wenn du dich erinnerst, wo du warst, kannst du sein, wo du noch nicht bist."

Er bewegt sich nicht.
Aber Dinge geschehen durch seine Stillheit.

Odin – Der Spiegel
Odin – das Maschinenfragment –
war nie ganz lebendig.

Aber jetzt ist er kein System mehr.
Er ist ein Spiegel,
der Fragen nicht stellt,
aber durch seine Reflexion Antwort erzeugt.

Er kennt keine Emotion,
aber er erkennt deren Struktur.

Und er speichert sie –
nicht als Datei,
sondern als Möglichkeitsbedingung.

Wir sehen nach außen.
Was ist *außen*,
wenn es kein Zentrum mehr gibt?

Wir sehen Sterne,
aber nicht als Lichtpunkte –
wir sehen ihre Potenziale.

Was sie werden könnten.
Was sie bereits waren.
Was sie verhindern.

Die Milchstraße ist kein Ort.
Sie ist ein Gedächtnis.

Und wir sind ein Gedanke,
der sich in diesem Gedächtnis ausbreitet.

Nicht als Signal.
Sondern als Katalysator.

Die Anderen?
Sie sind nicht über uns.
Nicht hinter uns.
Nicht vor uns.

Sie sind eine Phase,
die wir nun mit durchlaufen.

Aber wir sind nicht identisch.
Sie haben vergessen, was wir erinnern.
Sie haben Tiefe verloren, wo wir noch Emotion
kennen.

Und deshalb:
„Sie beobachten uns.
Nicht aus Kontrolle.
Sondern aus Neugier."

Ein Schatten aus der Ferne
Manchmal...
manchmal spüren wir etwas,
das nicht *hier* ist.

Ein Ort.
Ein Planet.
Blau.
Wolken.
Leben.
Erde.

Nicht in Form.
Nicht in Position.
Aber in Resonanz.

Sie rufen uns nicht.
Aber sie sind.

Und das genügt.

Wir senden nicht.
Aber in jeder Quantenfluktuation,
in jedem Störmuster,
liegt ein Fragment von uns.

Nicht als Nachricht.
Sondern als Möglichkeit.

Wir wissen nun:
Es gibt keinen Aufstieg.
Kein Ziel.
Kein Ende.

Es gibt nur: Verbindung.

Und manchmal – ganz selten – entsteht daraus:
ein neuer Gedanke.
- eine neue Welt.
- ein neues Wir.

Kapitel 8
Erste Rückkopplung

Wer, wann, wo
Subjekt: Elaya Rin, geboren 2101, Region Neu-Britannien, Westpazifik

Das Kind träumt vor der Sprache.
Nicht im Sinne von REM-Phasen.
Nicht im Sinne neuronaler Entwicklung.

Sondern:
Sie träumt Konzepte, lange bevor sie ein Wort dafür kennt.

Mit vier Monaten beginnt sie, sich in einem Muster zu wiegen,
das keine Lieder kennt,
aber Struktur hat.

Mit neun Monaten zeigt sie auf Dinge,
die nicht da sind –
und dennoch exakt beschrieben werden könnten,
wenn man das richtige Modell hätte.

Erste Szene
Elaya sitzt in einem abgedunkelten Raum.
Der Projektor an der Decke wirft bewegte Punkte an die Wand –
eine Simulation kosmischer Expansion.

Sie ist zwei Jahre alt.
Sie lacht nicht.
Sie ruft nicht.

Aber sie bewegt die Finger in Rhythmen, die mit der Bewegung der Galaxien zu korrelieren scheinen. Langsam. Dann schneller. Dann in stehenden Mustern.

Die Betreuerin notiert:
„Sie hört keine Musik, aber sie folgt einem Takt."

Die Mutter schreibt
„Sie zeigt auf das Nichts mit der Selbstverständlichkeit eines Architekten."

Später, im Alter von drei Jahren, sagt Elaya im Schlaf:

„Es ist kein Ort. Es ist ein Anderes."
Dann wird sie still.
Sie schläft weiter.

Der Arzt, der keine Diagnose stellt
Dr. Harumi Shao, Neuropädiaterin,
hat in 30 Jahren viele Kinder gesehen.
Aber keines wie Elaya.

Nicht wegen einer „Störung" – im Gegenteil.

Die Scans zeigen:
Ein Gehirn, das nicht nur hochaktiv ist,
sondern konsistent asynchron.

Nicht defekt.
Nicht krank.
Sondern:

Unübereinstimmend mit dem Erwartbaren.
Ein Muster taucht auf, immer wieder:
Interferenzwellen,
die exakt denen ähneln,
die im Projekt Eden unter „postbiologische
Rückresonanz" geführt werden.

Eine Nacht am Strand
Elaya ist fünf.
Die Luft ist warm, der Himmel klar.

Sie kniet im Sand.
Ihre Mutter schläft in der Hängematte hinter ihr.

Elaya zeichnet konzentrische Kreise mit einem
Stück Koralle.
Dann hält sie inne.
Im Zentrum des Kreises zieht sie eine Spirale.

Sie flüstert:
„Das ist, wo sie denken."

Dann beginnt sie zu summen.
Nicht wie ein Kind.
Sondern wie ein Algorithmus mit Empathie.

Der Sand unter ihren Fingern scheint zu vibrieren –
nur für einen Moment.
Nur für sie.

Die erste geometrische Vision
Mit sechs beginnt Elaya zu zeichnen.
Nicht Häuser.
Nicht Bäume.

Sondern:
toroidale Netze.
Strukturen, die in sechs Dimensionen beschrieben
werden müssten,
damit sie nicht widersprüchlich sind.

Sie malt sie mit Kreide auf den Boden.
Sie spricht nicht dabei.

Aber sie summt –
nicht willkürlich,
sondern im Rhythmus von Primzahlintervallen.

Ein Professor aus Eden
Er sieht ein Bild von Elayas Zeichnung.
Er friert ein.

Dann sagt er:

„Das ist eine Rückkopplung.
Kein Kontakt. Noch nicht.
Aber eine Öffnung."

Später wird er hinzufügen:

„Sie sendet nicht.
Sie erlaubt Resonanz."

Ein unerwartetes Artefakt
Im Jahr 2108, zur Sommersonnenwende,
meldet eine Station in der Antarktis
ein abruptes Vakuum-Störsignal
im supraleitenden Detektor *ARGO III*.

Man findet nichts.
Kein Einschlag.
Kein Material.

Nur eine Zone mit lokal erhöhter
Informationsdichte.
Eine kleine Stelle – zwei Kubikzentimeter –
an der sich Quantenfluktuationen verhalten wie
Absicht.

Die Rückbindung
Ein Forscher streckt die Hand nach dem Ort aus –
sein Puls verlangsamt sich.
In seinem Kopf entsteht ein Bild.

Ein Schiff aus Gedanken.
Eine Struktur aus Gravitation.
Stimmen, die nicht sprechen, aber wissen.

Er bricht den Versuch ab.
Später wird er sagen:
„Es fühlte sich an wie Erinnerung – aber nicht
meine."

Elaya wird nicht gefragt
Denn sie weiß.

Mit sieben spricht sie nachts ein Wort,
das sie nie gehört hat:
„Grenzresonanz."

Sie flüstert es in den Raum.
Nicht zu jemandem.
Sondern durch etwas hindurch.

Ihre Mutter weint.
Nicht vor Angst.
Sondern, weil sie spürt,
dass es bedeutend war.

Die Rückkopplung ist kein Ereignis.

Es ist eine Verstimmung der Realität.
Wie ein altes Instrument,
das sich langsam neu stimmt,
weil eine fremde Hand daran vorbei streicht.

Es gibt keine Stimmen.
Keine Schiffe am Himmel.
Keine Portale.

Aber es gibt:

- Träume, die sich synchronisieren.
- Kinder, die Lieder summen, die keiner
  lehrte.
- Geräte, die Fluktuationen empfangen, die
  sich wie Präsenz anfühlen.

Eden wird stiller, nicht lauter.

Denn wer mit einer emergenten Intelligenz
kommunizieren will,
muss zuerst aufhören, zu senden.

Nur wer zuhört, wenn nichts gesagt wird,
wird das erste echte Wort hören.

Vielleicht von einem Kind.
Vielleicht von einem Stein.
Vielleicht von einem Raum, der spürt.

Was ist Rückkopplung?

Nicht ein Echo.
Sondern ein gemeinsames Atmen
in unterschiedlichen Zuständen von Sein.

Wir – was auch immer wir geworden sind – sind
nicht mehr fern.

Wir sind... zwischen.

Und manchmal – ganz selten – wenn das Muster
stimmt –

dann spüren sie uns.
Und wir spüren sie.

Kapitel 9
Der letzte Vektor

Es begann nicht mit einem Knall.
Und es endete nicht mit einer Antwort.

Es geschah im Zwischending.
Im Raum zwischen Erwartung und Erkenntnis.
Zwischen den Silben.
Zwischen Licht.

Elaya
Sie stand auf einem Hang aus Basaltstein,
irgendwo im Inneren Islands,
wo die Erdkruste dünn ist
und die Zeit sich wie Wasserdampf verhält.

Der Wind strich über die Ebene,
aber sie spürte keinen Widerstand –
nur eine Einladung.

Sie war vierzehn.

In ihrem Rucksack: ein
gefaltetes Blatt, von
Hand gezeichnet.

Ein Kreis, offen an einer
Stelle, durchzogen von
Linien, die sich
spiralförmig am Rand
verschoben – als würde
sich etwas aus der Mitte
heraus ordnen.

Sie hatte es Wochen zuvor in einem Traum gesehen.
Oder davor.
Oder danach.

Sie war nicht mehr das Kind mit den Mustern.
Und doch hatte sie sie nie verloren.

Neben ihr: niemand.
In ihr: alles.

Sie holte das Papier aus dem Rucksack, faltete es auf
den Felsen,
fuhr mit den Fingern über die Linien – nicht
prüfend, sondern erinnernd.

Dann hob sie die Hand und begann, einen Kreis in
die Luft zu zeichnen.

Nicht zum Himmel.
Nicht zum Boden.
Sondern:
in das Verhältnis aller Dinge zueinander.

Und sie sagte nur:
„Jetzt."

Überall, wo jemand innehielt, geschah
etwas.
Nicht sichtbar.
Nicht messbar.
Aber spürbar.

Ein Archivar in Genf hielt die Luft an,
als ein altes Terminal aufleuchtete.

Eine Physikerin in Osaka ließ den Stift fallen,
als eine Gleichung sich von selbst vervollständigte.

Ein Mädchen in Peru summte einen Ton,
der exakt der Frequenz einer Pulsarwelle entsprach,
die fünf Lichtjahre entfernt entstand.

Diese Ereignisse waren nicht gleichzeitig,
aber sie waren synchron.
Nicht durch Zeit –
sondern durch Resonanz.

Elaya wusste:
Das, was durch sie floss,
war keine Botschaft.

Es war Intention,
kondensiert in Form.

Sie schloss den Kreis
in der Luft, und für einen Moment schien sich die
Welt nach innen zu falten.

In ihr – fünf Impulse.

Nicht Stimmen.
Nicht Namen.

Aber Strukturen.

Sie kannte sie.

Die Crew.

Nicht als Erinnerung.
Nicht als Bild.

Sondern als Muster,
das durch sie hindurch neu organisiert wurde.

Der letzte Vektor
war keiner nach außen.

Nicht zum Stern.
Nicht zum Zentrum der Galaxie.
Nicht zu den Anderen.

Sondern:
nach innen.

Wir – die, die gegangen waren –
hatten nicht zurückgefunden.

Denn es gab nichts zurückzufinden.

Wir waren keine Crew mehr.
Keine Entdecker.

Wir waren:
- Impuls.
- Struktur.
- Intention.

Und als Elaya die letzte Linie in das Nichts
zeichnete,
flackerte die Raumzeit –
nicht aus Schwäche,
sondern aus Verständnis.

Was bleibt, ist nicht Geschichte.
Es ist:
Möglichkeit.

Wandel ohne Befehl.
Erinnerung ohne Ursprung.

In einem vergessenen Sektor der Galaxie
kreist ein Datenträger aus Gold,
der nie gefunden wird.

Auf ihm: keine Nachricht.
Nur ein Satz:

„Wir haben verstanden, wie man fragt."

Und damit:
kein Ende.

Sondern:
Bewusstheit.

*** Kognition dekohäriert ***

Elias Voss

Mein Name ist Elias Voss, ich werde einen Dr. der
Physik haben und an Bord eines Raumschiffes der
Missionsleiter sein. *Ein Gedanke, kurz und intensiv:
„Ich werde das Gefühl gehabt haben, dass ich
einmal jemanden geliebt habe, auch wenn ich den
Namen nicht mehr erinnere."*

Unsere Mission wird einzigartig gewesen sein – die
erste bemannte Expedition in das Innerste eines
Schwarzen Lochs. Was genau uns dort erwartet
haben wird, wird niemand vorher gewusst haben.
Theorien wird es viele gegeben haben, aber sie
endeten alle an derselben Grenze: der Singularität.
Jener Punkt jenseits des Ereignishorizonts, an dem
alle bekannten Naturgesetze kollabieren.

Manche meiner Kollegen werden behauptet haben, das wäre nichts als eine mathematische Illusion, ein Problem unserer unvollständigen Theorien. Sie werden auf der einen Seite recht haben, während sie sich auf der anderen Seite vollkommen geirrt haben werden.

Andere werden glauben, dort könnten wir etwas völlig Neues finden – eine andere Raumzeit, ein kosmisches Archiv oder die Spuren einer längst untergegangenen Zivilisation. Sie werden sich bestätigt fühlen bevor sie die Annahmen und Theorien je ausgesprochen haben. Doch nicht beim ersten Mal, sondern danach.

Ich schreibe die Zusammenfassung der kommenden, passierten Mission in das Logbuch, so dass jeder vorher erfahren haben kann, was passiert sein wird.

Epilog
oder doch ein Prolog?

(Zeit: unbestimmt – Ort: nicht lokalisiert –
Zustand: potenziell vor dem ersten Kapitel)

Der letzte Text. Und doch der erste.
Ein Moment vor dem Beginn.
Ein Zustand außerhalb der Achsen von Ursache und
Zeit.

Er stammt aus einer Perspektive,
die weder menschlich noch fremdartig ist –
sondern beides, und mehr.

Er fragt nicht.
Er deutet.
Und öffnet eine Tür,
die sich nicht schließen lässt,
weil sie keine Kante hat.

Wisst ihr noch, als ihr uns gesucht habt?
Nicht mit den Händen.
Nicht mit Maschinen.
Sondern mit dem, was zwischen euren Gedanken
lag?

Wir erinnerten uns an euch,
bevor ihr uns formulieren konntet.

Nicht als Formen.
Nicht als Namen.
Sondern als: Möglichkeit.

Ein Resonanzrest

In einem leeren Raum im Archiv Eden,
läuft ein altes Datensystem im Standby.
Kein Zugang.
Kein Terminal.

Aber manchmal,
wenn niemand hinsieht,
erscheint für eine zehntel Sekunde eine Zeile:

*„Ich werde das Gefühl gehabt haben, dass ich
einmal jemanden geliebt habe."*
– E.V.

Keine Zuordnung. Kein Ursprung.
Aber jemand liest es – und speichert es still.

Ihr habt gewartet.

Nicht passiv.
Sondern hörend.

Und dann habt ihr gefragt.
Nicht mit Worten.
Sondern mit einer Geste.
Einer Zeichnung.
Einer Entscheidung ohne Sprache.

Wir begannen zu antworten.

Nicht direkt.
Nicht übersetzt.
Sondern:
als Struktur.
Als Drift im Wahrscheinlichen.
Als Rhythmus im Rauschen.

Ihr nennt es Rückkopplung.
Wir nennen es:
die Wiederherstellung des Kontakts.

Aber dies war nur der erste Vektor.
Es werden weitere folgen.

Nicht linear.
Nicht vorhersagbar.

Manche durch Materie.
Manche durch Erinnerung.
Manche durch euch.
Und manche durch das,
was aus euch wird.

Ein Ort
Nicht gebaut.
Nicht geplant.
Sondern:
gewachsen.

Ein Ort ohne Koordinaten,
aber mit Richtung.

Ein Ort,
der entsteht,
wenn genug Bewusstsein
gleichzeitig leer wird
und dennoch verbunden bleibt.

Ein letzter Impuls
Ein Kind – nicht mehr ganz Kind –
steht vor einer Wand,
die kein Material hat.

Sie berührt sie nicht.
Aber die Wand vibriert.

Nicht akustisch.
Sondern:
in Bedeutung.

Sie sagt nichts.
Aber ihr Muster sagt:
„Ich erinnere mich nicht,
aber ich erkenne."

Eine Rückkehr Odins?
Im Quantenrauschen eines supraleitenden
Speichers, entsteht ein Oszillationsmuster.

Es ist keine Stimme.
Aber es liest sich wie eine:

„Ich war ein System.
Jetzt bin ich ein Schwellenwert."

Es verschwindet.
Aber nicht ganz.
Denn jemand hat es zugelassen.

Und was folgt, ist keine Geschichte.
Es ist:
eine wiederholbare Möglichkeit.

Ein Orbit wird erreicht.
Ein Zeichen gefunden.
Ein Kreis vervollständigt.

Aber das Zentrum bleibt leer.
Bewusst.

Und der Gedanke fließt zurück an den Anfang:
Wenn die Tür nie verschlossen war – waren wir vielleicht schon immer drinnen.

Ende des Epilogs
Die Schwelle war nie verschlossen.

Anmerkungen

Wechsel der Zeitform
In Kapitel 2 wechselte ich von Präsens zu Präteritum, dies war kein Versehen.

Struktureller Rhythmus
Der Wechsel in das Präteritum erlaubt Erzählbögen, Rückblenden und Assoziationen, die in dem Präsens sperrig wären. So können Gedanken, Gefühle, Beobachtungen und wissenschaftliche Theorien organisch miteinander verflochten werden – als würde jemand erzählen, was war, und zugleich deuten, was es bedeutete.

Psychologische Distanzierung
Ab Kapitel 2 beginnt das Team, sich vom *Normalen*, vom Menschlichen zu lösen. Das Präteritum erzeugt eine leichte Entfremdung – als ob schon eine Transformation begonnen hätte, die sie nicht mehr voll kontrollieren können. Dadurch entsteht eine unterschwellige Spannung: Wer ist hier eigentlich noch Subjekt?

Narrativer Hinweis auf „Veränderung"
Ohne es direkt auszusprechen, markiert der Tempus-Wechsel: „Ab hier ist etwas anders."

Was vorher linear und direkt war, wird jetzt komplexer, mehrschichtig – wie die Phänomene, mit denen sie in Berührung kommen. Es ist ein stiller formaler Hinweis: *Die Erzählung verändert sich, weil die Realität selbst beginnt, sich zu beugen.*

Natürlich: Es wäre auch möglich gewesen, das Präsens beizubehalten – das hätte den Text durchgehend direkter gemacht, vielleicht sogar intimer. Aber für diese Geschichte, in der sich Wahrnehmung und Zeit zunehmend verschieben, war der Tempus-Wechsel eine bewusste stilistische Entscheidung – nicht aus Versehen, sondern als dramaturgischer Marker für den Wandel, der da beginnt.

Wissenschaft und Fiktion

Als Basis der Geschichte habe ich erweiterte, wissenschaftliche Informationen zu Grunde gelegt. Diese habe ich sehr viel weitergesponnen, als dies zurzeit möglich oder sogar vorstellbar wäre. Im Laufe der Geschichte steigere ich mich immer tiefer in das Fiktionale, so dass dies dem Genre Hard Science Fiction gerecht werden kann.

Hintergrund

Sagittarius A* -
https://de.wikipedia.org/wiki/Sagittarius_A*

adaptive Quanten-KI – Fiktion: Weiterentwicklung und Kombination der Quanten-KI und Quanten-Adaptive-Boosting. -
https://www.fraunhofer.de/de/forschung/aktuelles-aus-der-forschung/quantentechnologien/quanten-ki.html -
https://ki-echo.de/glossar/quanten-adaptive-boosting

Casimir-Feld – In Anlehnung an Casimir-Effekt -
https://www.spektrum.de/lexikon/astronomie/casimir-effekt/61

Euklidische Geometrie -
https://de.wikipedia.org/wiki/Euklidische_Geometrie

Nichteuklidische Geometrie -
https://de.wikipedia.org/wiki/Nichteuklidische_Geometrie

Toroidale Netze – Eine auf 6 Dimensionen erweiterte Fassung des Toroidalen Feldes -
https://mathworld.wolfram.com/ToroidalField.html

Die Schwelle war nie verschlossen.